I0680093

N° 7

...IOTHÈQUE-OMNIBUS

N. BLANPAIN

LA

# PIÈCE D'OR FÊLÉE

## 30 Centimes

**PARIS**

LUCIEN WINTER, Libraire-Éditeur

50-52, Passage Jouffroy

1877

# LA

# PIÈCE D'OR FÊLÉE

1

# BIBLIOTHÈQUE-OMNIBUS

## N. BLANPAIN

LA

# PIÈCE D'OR FÊLÉE

## 30 Centimes

## PARIS

LUCIEN WINTER, Libraire-Éditeur

50-52, Passage Jouffroy

1877

LA

# PIÈCE D'OR FÊLÉE

I

La foule s'amassait; dans les groupes pres-
sés se formulaient de vagues accusations
contre de prétendus faux-monnayeurs.

Les bons bourgeois parisiens qui ont si
justement mérité le surnom de *badauds*, et
qu'assemble le plus mince incident : un chien
écrasé, deux cochers échangeant quelques
coups de langue et de fouet, un mari battu
et peu content, etc., commençaient tout bas
à accuser, qui les Anglais, qui le prince de
Polignac, le nouveau ministre de Charles X,
de chercher à ruiner la France par le faux-
monnayage. Paris, affirmait-on, était livré à
une bande de malfaiteurs.

Cette badauderie était déjà célèbre du temps
de Rabelais qui dit du peuple de Paris qu'il

« est tant sot, tant badault, et tant inepte de
nature, qu'un basteleur, un porteur de roga-
tons, un mulet avecques ses cymbales, un
vielleux au milieu d'un carrefour, assemblera
plus de gents que ne feroit un bon prescheur
évangélique. »

Depuis le seizième siècle, cette badauderie
n'a fait qu'embellir, comme le prouve la
scène qui ouvre ce récit.

Commençons par déclarer que la politique
n'était pour rien dans ce rassemblement. Le
lecteur s'en convaincra, s'il veut bien écouter
le dialogue suivant.

— J'en suis bien fâché pour vous, mademoiselle, mais il faut ou me donner d'autre
monnaie ou vous résigner à me suivre chez
le commissaire de police du quartier, lequel,
probablement, ne se contentera pas de vous
affirmer, comme moi, que cette pièce est
fausse.

Ces mots étaient adressés par un pharmacien de la rue des Lombards à une jeune fille
en pleurs, qui lui avait donné un napoléon de
vingt francs en payement de médicaments
achetés pour sa mère mourante.

— Monsieur, disait l'enfant indignée, je
vous déclare que cette pièce ne peut être
fausse, car je la tiens d'une personne que le
moindre soupçon ne saurait...

— C'est possible, interrompit l'obstiné droguiste, mais vous le prouverez.

— Par pitié, monsieur, ne me perdez pas!...

— Enfin, vous l'avouez donc! s'écria le
pharmacien triomphant. Je l'avais d'ailleurs
bien deviné, sous votre air innocent : vous
êtes une voleuse!

— Moi! une voleuse! se récria avec force
la jeune fille dont les joues s'empourprèrent
à cette insulte.

A chaque instant de nouveaux passants
s'arrêtaient, curieux, devant la boutique du
pharmacien et des rumeurs accusatrices conti-
nuaient à s'élever. Un jeune homme en blouse
parvint à grand'peine et à force de coudes, —
non toutefois sans soulever une tempête de
cris, — à se pousser jusqu'au premier rang,
sur le seuil même de la pharmacie.

— Je vous en prie, monsieur, reprenait, en
ce moment, la jeune fille accusée, ne me faites
pas attendre plus longtemps ces médicaments
qui doivent calmer les terribles tortures dont
se meurt ma mère. Pour l'amour de Dieu, hâ-
tez-vous; car la mort n'attend pas pour frapper
ses victimes. Et si elle n'était plus, ma mère!
Oh! par pitié, n'empoisonnez pas ma vie d'un
remords!

— Ta, ta, ta, fit le pharmacien, tout ça,
c'est des phrases; donnez-moi de bonne monnaie et vous aurez mes médicaments. Est-ce

que je vous vends de la drogue pour des drogues, moi? fit-il en promenant sur la foule
un regard superbe, comme pour quêter des
bravos.

— Mais je vous répète...

— Mademoiselle, interrompit-il, si, cette
fois encore, vous soutenez que cette pièce est
bonne, ce sera plus que de l'obstination, je
croirai que vous vous êtes faite la complice
de faux-monnayeurs.

Puis, pour donner plus de poids à ses paroles, il jeta sur le marbre de son comptoir
la pièce qui rendit un son fêlé.

— Que pourriez-vous répondre à cette voix
accusatrice? conclut-il victorieusement.

La pauvre enfant baissa de nouveau la tête,
accablée par l'argument du droguiste et par
les murmures peu bienveillants de la foule.

Elle pleurait.

Le jeune homme en blouse que nous avons
vu tout à l'heure se pousser au premier rang,
entra alors dans la boutique.

— Pardon, monsieur, fit-il, je suis bijoutier et connu dans le quartier; voyons donc
cette pièce, s'il vous plaît?

Le droguiste passa la pièce incriminée au
bijoutier qui la tourna et la retourna en
l'examinant en silence.

Frappée à l'effigie de Napoléon I⁰ʳ, elle
portait le millésime de 1808. Quoique bossuée,

par l'effet d'un rude choc, sans doute, elle brillait d'un aussi vif éclat qu'au sortir du moule, et ce n'était qu'en la regardant attentivement, qu'on découvrait une légère fêlure dans l'exergue.

Le bijoutier, qui avait deviné, — car les âmes délicates ont un tact particulier, — à l'accent ému, aux réticences de la jeune fille et surtout à la singulière fêlure du métal, que cette pièce avait joué un rôle important dans la vie de personnes peut-être chères à sa protégée inconnue, plongea vivement la main dans sa poche et reprit enfin :

— Je déclare que c'est là du fin et bon or ; et j'ose croire que vous ne douterez pas de la parole de Léon Aubin le bijoutier.

Et il rendit la pièce au pharmacien qui la laissa de nouveau tomber sur le marbre de son comptoir. Cette fois, elle rendit un son pur et net.

— Je ne suis pas dupe de votre procédé, monsieur Léon, reprit le droguiste : vous avez substitué une bonne pièce à celle de mademoiselle. A quelle tentation vous avez cédé, je m'en inquiète peu, pourvu que ces médicaments me soient payés. Cependant, un conseil pour votre or, ajouta-t-il en rendant la monnaie : prenez garde aux jolis minois qui, avec des pleurs ou de douces paroles, font passer des pièces fausses.

Et il livra à la jeune fille les paquets de drogues prescrites par le médecin.

Toutefois, avant de quitter la boutique :

— Peu vous importe, dit Léon au pharmacien, le mobile auquel je cède en agissant ainsi et en gardant la pièce, objet de cette pénible discussion; mais je vous jure sur l'honneur, monsieur, qu'elle est d'or pur et que conséquemment vous avez grossièrement et injustement insulté mademoiselle. Aussi la prierez-vous d'accepter vos excuses, si-non... et un geste énergique compléta la pensée de l'ouvrier.

Le pharmacien, peu brave en face d'un homme, et intimidé par cette menace, balbutia quelques mots inintelligibles qui pouvaient être pris pour une réparation, tant il y avait maintenant d'humilité dans sa voix.

La foule passe si facilement du mépris à l'admiration et réciproquement, qu'émue par cet acte d'énergie calme, elle s'écarta respectueusement devant les deux jeunes gens qui s'éloignèrent du théâtre de cette scène et tournèrent le coin de la rue Saint-Denis.

Ils marchèrent quelques minutes sans parler, mais non toutefois sans penser, elle, à la générosité spontanée de son défenseur inconnu; lui, à la beauté de cette jeune fille, qui se révélait avec l'attrait mystérieux d'une énigme.

Et vraiment, même avec une toilette des plus simples, elle était digne de faire rêver. Elle avait seize ans environ, âge charmant qui modèle et révèle déjà les grâces de la femme. Elle était peut-être un peu trop frêle, délicate et mignonne, et ressemblait à un oiseau qu'un coup de vent a jeté trop tôt hors de son nid. Sa beauté éclatait comme une fleur. Jamais yeux plus doux ni plus bleus, quoique fatigués par les larmes et par les veilles, n'avaient réfléchi l'azur du ciel. Et si vous ajoutez à tous ces charmes mélancoliques une admirable chevelure blonde roulée autour d'un front poli comme l'ivoire et digne d'une couronne, vous comprendrez pourquoi le bijoutier ému la contemplait ravi. On aurait pu sans doute souhaiter plus d'ampleur à la gorge et aux épaules, mais quelques années de plus et la femme ne garderait de la maigreur de l'enfant que la sveltesse.

Vers le haut de la rue Saint-Denis, la jeune fille s'arrêta :

— Je suis arrivée, monsieur, dit-elle.

— Déjà? fit Léon, arraché tout à coup à sa contemplation et à ses pensées.

— C'est ici que je demeure avec ma mère. Je vous remercie, monsieur, du secours qu'en cette circonstance pénible, vous avez bien voulu prêter à une inconnue.

— C'est un service que chacun, à ma place,

eût été heureux de vous rendre, mademoiselle,
répliqua le bijoutier. Cependant, s'il est vrai,
comme vous le prétendez, que je vous aie
obligée, donnez-moi ma récompense : que je
sache au moins votre nom; c'est tout ce qui
me restera de vous, fit-il avec un soupir à
demi étouffé; car il est probable que je ne
vous reverrai jamais.

— Je me nomme Marie Rolland, monsieur,
répondit simplement la jeune fille.

— Marie, c'est un beau nom, je ne l'oublierai pas. Adieu, mademoiselle Marie, fit l'ouvrier..... ou plutôt au revoir, rectifia-t-il à
part lui.

— Adieu, monsieur Aubin, et de nouveau
merci, lui cria mademoiselle Rolland.

Et, après avoir regardé une dernière fois
son défenseur, par pure curiosité ou par un
sentiment moins banal, nous ne savons au
juste, elle grimpa lestement l'escalier condui-
sant au logis de sa mère.

De son côté, le jeune homme s'éloigna, non
sans se retourner plusieurs fois pour regarder
la porte par où avait disparu la charmante
jeune fille.

— Je viendrai souvent faire sentinelle là,
murmura-t-il.

## II

Le logement que Marie habitait avec sa mère, était situé dans la rue Saint-Denis et se composait de deux petites chambres et d'une cuisine, au quatrième étage. Là, régnaient un ordre et une propreté qui prévenaient immédiatement le visiteur en faveur des deux locataires.

En revenant de chez le pharmacien, Marie avait ouvert la porte bien doucement, avait jeté un coup d'œil plein d'inquiète sollicitude sur le lit aux draps et aux rideaux bien blancs où reposait sa mère, et s'était remise avec ardeur au travail.

Des fleurs, que l'on eût dites écloses dans un parterre, tant elles avaient d'éclat et de fraîcheur, naissaient sous ses doigts mignons; car Marie était fleuriste et assez connue pour que son travail délicat fût recherché par les premières maisons de Paris.

Grâce à cette réputation d'excellente ouvrière, je dirai même d'artiste, les commandes ne lui manquaient pas. Aussi, en prenant sur les heures de son sommeil, avait-elle pu jusqu'alors subvenir à tous les frais de la longue maladie de madame Rolland; parfois pourtant, elle avait senti ses forces défaillir;

elle avait peur alors que le mal, à son tour,
ne la terrassât. Pour éviter à sa mère une
nouvelle souffrance, elle ne lui laissait deviner ni ses fatigues ni ce qu'il fallait d'argent
pour donner à ce bourreau que l'on nomme
maladie, et à ses deux aides, le médecin et
le pharmacien.

Malgré une économie intelligente, Marie
avait donc vu un soir partir sa dernière pièce
blanche, et les médicaments prescrits par une
nouvelle ordonnance et sur lesquels le médecin comptait pour opérer une diversion, devaient coûter au moins une quinzaine de
francs. Elle avait alors repris courageusement
ses outils et passé la nuit à découper des
fleurs, retirée dans la pièce voisine de la
chambre où reposait se mère.

A l'ouverture du magasin, elle avait couru
livrer le travail de sa nuit, espérant en toucher l'argent; mais, hélas! les riches ne sa-
vent pas deviner le besoin du pauvre dans
l'empressement qu'il met à reporter son ouvrage, et, d'ailleurs, les grandes maisons
n'ouvrent leurs caisses qu'à certains jours du
mois C'est de cet ordre admirable que naît
la prospérité ; qu'importe s'il cause la mort
ou ruine par les privations forcées la santé
de l'ouvrier? Le livre est en règle, c'est le
principal; quant à l'ouvrier, on le remplace,
et... la caisse n'en va pas plus mal.

Désespérée, la pauvre enfant s'était, en rentrant, jetée sur une chaise, avec une idée fixe au front : sa mère condamnée à mourir ! C'était la première fois qu'il lui était donné de connaître les tortures de l'impuissance, et elle n'osait prier, de peur d'en arriver à douter de Dieu même, si sa prière n'était point exaucée.

Elle resta longtemps dans cet état de prostration, voisin de la folie ; mais un soupir de la malade la rappelle à la triste réalité.

Elle se souvient alors qu'il lui reste quelques bijoux, pauvres épaves échappées au naufrage de leur fortune. Sans bruit, elle court à une armoire et en tire une boîte qu'elle vide sur la table.

Soudain, un tout petit médaillon frappe sa vue, elle l'ouvre, et à ses yeux surpris brille une pièce de vingt francs.

Dieu enfin avait eu pitié de ses larmes et de son amour filial, il avait fait un miracle ; sa mère ne mourrait pas !

C'est à la suite de cette bienheureuse trouvaille que Marie était venue chez le pharmacien et qu'avait eu lieu la scène qui ouvre ce récit.

Depuis son retour, la pensée de la jeune fille s'arrête sur des objets moins sombres : sa mère semble reposer doucement ; cependant, en la regardant attentivement, on dirait

que la Mort l'a déjà marquée du doigt au front,
et que son sommeil est l'image anticipée de
celui de la tombe. Mais Marie se fait illusion.

Quel est, d'ailleurs, l'enfant qui pourrait
s'appesantir longtemps, sans qu'un frisson
glace son âme, sur cette idée qu'il va perdre
sa mère? Il s'est si bien habitué à son sourire, à sa caresse, qu'il lui semble impossible
que Dieu puisse la lui ravir. Et quand la triste
réalité met un cadavre sous ses yeux, quand
sa voix appelle sans obtenir de réponse, il
veut encore douter. On a beau avoir prévu
cette épouvantable séparation, du moment où
il n'est plus possible d'espérer, l'émotion est
aussi violente que si l'on n'y avait pas été
préparé.

Qu'on pardonne donc à la pauvre enfant,
privée de joie depuis si longtemps, qu'on lui
pardonne de laisser l'aile de sa pensée s'arrêter sur une fleur fraîche éclose en son âme,
le souvenir!

L'aventure de la pièce d'or était trop ré-
cente pour que Marie ne songeât pas à son
protecteur.

C'est au moment où l'on se sent tomber au
fond d'un gouffre, alors que votre honneur
attaqué est à la merci du public; quand les
apparences semblent donner raison aux insul-
tes, aux gestes de mépris, c'est alors, dis-je,
que l'âme du patient, abîmée de douleur et de

honte, doit s'inonder de reconnaissance
quand, au milieu des insulteurs, il voit une
personne amie lui sourire, lui tendre la main
pour le retirer du précipice et le protéger
contre les outrages en lui criant :

— Courage, si vous êtes faible, je suis fort,
et je prends en main le triomphe de votre
innocence!

Un jeune homme a un bien grand pres-
tige aux yeux d'une enfant pure, quand, à la
noblesse des traits, il joint la noblesse de
l'âme, quand, à la jeunesse, il unit le titre de
sauveur...

Tel était à peu près le sens des réflexions
de Marie, quand la malade ouvrit ses yeux
brûlés par la fièvre et lui dit:

— Viens, mon enfant aimée, viens près de
mon lit, afin qu'avant de mourir j'embrasse
encore tes beaux cheveux blonds, l'orgueil
de ta mère.

— Mourir! dit l'enfant en étouffant un sanglot, que parlez-vous de mourir, quand la
nature chante la vie? O mère, bannissez ces
funèbres idées. L'hiver et la douleur vous ont
abattue, mais le printemps sera le médecin de
votre corps, de même que mon amour gué-
rira votre âme de ses tristesses. Et d'ailleurs,
voici les médicaments qui doivent vous sauver. Petite mère chérie, prenez-les, afin de
vous conserver au bonheur de votre enfant.

Marie souleva doucement la tête de la malade et lui fit boire la potion.

— Merci, chère enfant, reprit la mourante après quelques instants; cette liqueur me ranime et je sens comme un flot de vie nouvelle courir dans mes veines. Béni soit Dieu, qui me prête encore assez de force pour te donner mes derniers conseils et t'apprendre en quelques mots l'histoire de ta famille.

## III

Après quelques minutes de recueillement, madame Rolland continua:

— Mon enfance fut bercée des hymnes composés en l'honneur du grand capitaine qui venait de ceindre son front de la couronne impériale. Ce n'était alors en France que récits de victoire jetant le peuple dans des enthousiasmes sans fin; — et l'admiration est si contagieuse et arrive si facilement au fanatisme que, quoique enfant, je me sentais parfois fière d'appartenir à cette nation dont le chef, d'un geste, faisait incliner la tête aux plus puissants rois. Mais parfois aussi, à la lecture des bulletins de la Grande-Armée, je voyais pleurer ma mère et alors mon enthousiasme tombait; je me prenais à penser que mon père était là-bas et j'aurais désiré un peu moins de lauriers au front impérial et sur mes joues d'enfant plus de baisers paternels. Car ton grand-père, ma chère Marie, avait été arraché de nos bras par la guerre qui ne respectait ni fortune ni titre: seigneur, manant, célibataire ou homme marié, Napoléon enlevait tous les hommes valides à leurs familles pour en faire les collaborateurs de sa terrifiante épopée militaire.

Chaque jour amenait un combat nouveau : l'Europe entière fut le champ de bataille de l'Empereur. Ma mère alors me disait souvent :

— On ne peut vaincre tant d'ennemis sans perdre soi-même beaucoup d'hommes; et elle m'embrassait et nous mêlions nos larmes en priant Dieu de conserver le soldat à notre amour.

Tu dois comprendre, ma chère Marie, que mon père n'avait guère le loisir de nous donner de ses nouvelles. Cependant un soldat amputé d'une jambe vint un jour frapper à notre porte et nous parla longuement de batailles et de ton grand-père.

C'était en 1808. L'Allemagne opprimée, pour essayer de briser la puissance de Bonaparte, avait eu recours à une coalition; mais en vain s'était-elle armée, la victoire avait de nouveau couronné le courage de nos soldats à Abensberg, à Eckmühl et à Ratisbonne;

Vienne même fut bombardée et prise, et l'avantage, chèrement acheté, il est vrai, remporté à Essling, fut suivi de la victoire décisive de Wagram, où Berthier se couvrit de gloire en contribuant si puissamment à vaincre les troupes de l'archiduc Charles.

— Ce fut dans la mélée de cette dernière bataille, dit le soldat à ma mère, que j'ai connu votre mari, le lieutenant Duchesne. Tous deux, nous étions tombés blessés l'un près de l'autre. Après un long évanouissement, je me soulevai en m'appuyant sur la paume de la main et je vis le lieutenant qui contemplait une pièce d'or.

— Camarade, êtes-vous dangereusement blessé? lui demandai-je.

— J'ai failli être tué, me répondit-il. C'est à cette pièce de vingt francs que je dois la vie ; sans elle une balle autrichienne qui est venue s'aplatir dessus, eût pénétré dans la poitrine.

Au loin le canon grondait encore et ce fut seulement le soir que les Français vainqueurs vinrent relever les blessés. Nous fûmes portés à l'ambulance à Vienne où l'on me fit l'amputation de la jambe droite et où j'appris que, devenu impropre au service, j'allais être dirigé sur Paris. C'est alors que le lieutenant Duchesne, dont la blessure était peu grave, me chargea de vous apporter cette pièce d'or

en vous priant de la conserver pieusement·
Je suis heureux, acheva le soldat en se reti-
rant, d'avoir pu rendre service à un camarade, qui s'était fait aimer de chacun et sur
la poitrine duquel l'Empereur, aux applau-
dissements de tous, avait attaché lui-même
la croix d'honneur.

Ce fut tout ce que nous apprit l'invalide.

Nous reçûmes encore deux fois des nouvelles de mon père. Puis un jour le bruit se
répandit que Napoléon, avec une armée de
douze cent mille hommes, allait envahir la
Russie.

Mon père fut du nombre.

Les revers commençaient; Bonaparte fut
obligé de battre en retraite, laissant derrière
lui Moscou fumant. C'est alors qu'un ennemi
plus puissant que le czar, l'hiver, déchaîna
contre l'homme invaincu toutes ses fureurs,
et à son tour courba le front impérial sur une
plaine blanche où mouraient les soldats, tués,
l'arme au poing, sans pouvoir s'en servir. Aux
moustaches des vieux grognards, dont le feu
de vingt batailles avait bronzé les figures mar-
tiales, pendaient des glaçons. Devant, la
neige; derrière, les Cosaques; la mort par-
tout; lutte inégale, exaspérante !

Nous apprîmes la retraite de Russie; et depuis lors nous n'avons jamais eu de nouvelles
de mon père, malgré les nombreuses démar-

ches que nous fîmes auprès du ministre de la guerre; d'ailleurs, à cette époque, on n'avait guère le temps de s'occuper des morts et, plus tard, au ministère de la guerre, on vous notait comme ennemi du gouvernement et de la patrie, si vous prononciez le nom de Napoléon Ier, dont on eût voulu effacer jusqu'au souvenir.

Madame Rolland, fatiguée, s'était arrêtée quelques minutes ; elle reprit ainsi :

— Du moins, ma mère mourut tranquille sur mon avenir, car elle m'avait mariée richement à un jeune commerçant. Mais la débâcle impériale continuait et la patrie en danger m'enleva ton père, dont le corps fut retrouvé parmi les victimes des massacres de Waterloo.

Il était du nombre de ces soldats avec lesquels Kellermann, sur les vastes plateaux situés dans l'angle de la route des Quatre-Bras à Frasnes, exécuta ses immortelles charges de cavalerie.

La famille de mon mari se tourna alors contre moi et mit en usage l'arme des lâches : la calomnie, pour me dépouiller non-seulement de la fortune de ton père, mais même de celle que m'avait laissée ma mère. Non, je ne veux pas te raconter les poignantes douleurs que l'on m'a infligées. Qu'il te suffise de savoir que l'on a mis en question jusqu'à mon honneur, jusqu'à ma qualité d'épouse; mais tu es trop jeune et ton âme est trop pure pour la souiller de ce récit et pour y jeter la semence de la haine. Imite-moi, pauvre enfant, pardonne. D'ailleurs, il est probable que tu seras toujours une étrangère pour les parents paternels.

Tu me restais, toi, ma chère Marie, mais nous étions sans ressources, et je ne comptais guère, pour obtenir du gouvernement de quoi ne pas mourir de faim, sur mon titre de femme veuve d'officier, tué au service de l'Etat. Je me vis forcée alors d'abandonner nos riches appartements et de me réfugier avec toi dans ce quartier, où j'ai pu me procurer du travail pour vivre. Cependant, malgré tous les coups dont Dieu m'a frappée, je le remercie de la consolation qu'il a mise auprès de la douleur en me donnant une enfant sage et courageuse.

Et la mère, émue par ce retour vers le passé, attira de sa main amaigrie la tête de Marie, dont elle baisa avec amour les blondes tresses.

— Quand ma mère mourut, reprit madame Rolland, dont la voix s'affaiblissait de plus en plus, la richesse me souriait; mais de moi, ma fille, tu n'as à attendre aucune fortune : il est vrai que tu as l'âme courageuse et les sentiments d'honneur de ton père et de ton aïeul, et que ton travail pourra suffire à tes besoins. Aussi est-ce une grande consolation pour moi de penser que jamais aucune de tes actions ne souillera le nom que tu portes ; n'est-ce pas, Marie ?

— Ma mère, je vous le jure, répondit la jeune fille d'une voix solennelle.

— Merci, ma chère enfant, je n'attendais pas moins de toi. Peut-être aussi qu'un jour, Dieu te rendra ton grand-père, et en lui remettant la pièce d'or dont je t'ai parlé et qui pourra t'aider à te faire reconnaître, tu lui diras combien nous l'aimions et combien de fois nous avons prié le Dieu des armées pour qu'il nous le rendît. Maintenant, je t'en prie, ma chère Marie, donne-moi cette pièce d'or à laquelle mon père a dû la vie ; je veux la baiser une fois encore. Tu la trouveras au fond de cette armoire, dans un petit médaillon.

Marie restait anéantie, car elle ne pouvait satisfaire à cette prière de sa mère mourante et n'osait lui avouer que, le matin même, elle avait disposé de cette pièce ; aussi demeurait-elle clouée à sa place.

— Qu'as-tu donc, ma chère enfant ? comme tu es pâle ! s'écria la mère effrayée.

En ce moment, on frappa à la porte et Marie bénit le hasard qui, pour un instant, l'arrachait à sa torture. Elle courut ouvrir ;

C'était Léon, tenant à la main la pièce d'or
fêlée, cette relique que réclamait la mourante
pour la baiser une dernière fois.

— Je vous demande pardon, mademoiselle
Marie, dit-il à mi-voix, de venir encore vous
importuner; mais j'ai cru comprendre tantôt
à vos paroles que cette pièce vous est chère
et aussitôt que je me suis aperçu que je l'a-
vais gardée par distraction, je me suis hâté
de vous la rapporter.

— Mais, monsieur...

— Ne me refusez pas, mademoiselle, re-
prenez cet or; on ne se défait pas sans douleur d'une relique; car c'est une relique,
n'est-ce pas?

— Vous l'avez deviné, monsieur, murmura
l'ouvrière émue.

— Et elle vous est chère par conséquent;
pour moi, elle ne me rappellerait aucun souvenir... si ce n'est le vôtre, acheva-t-il tout
bas.

Puis, posant la pièce sur un meuble, Léon
Aubin disparut dans la spirale de l'escalier,
laissant Marie heureuse de rentrer en pos-
session de cette pièce à laquelle elle com-
prenait maintenant que sa mère attachât un
si grand prix.

— Qui donc a frappé, mon enfant? demanda la malade.

— C'est Caroline qui, en remontant chez

elle, me prévient qu'elle viendra passer la soirée avec nous, répondit Marie, en rougissant toutefois, car c'était son premier mensonge et le premier secret pour sa mère.

Caroline était la camarade d'atelier de mademoiselle Rolland. Elle occupait une chambre au-dessus du logement de Marie, et venait souvent, le soir, prêter à la jeune fille le concours de son amitié et de son dévouement.

## IV

Comme Léon se l'était promis, il venait tous les jours rôder autour de la maison qu'habitait Marie; et quand, le matin, il avait vu la jeune ouvrière allant acheter ses provisions de la journée ou reporter ses fleurs à son magasin, il s'en retournait joyeux à son travail, emportant, selon la charmante expression de Chérubin, du bonheur pour une éternité.

Certes, c'était un hardi compagnon que notre bijoutier, et il ne cédait point sa part dans une partie de plaisirs; mais, s'il s'agissait de galanterie, s'il y avait en jeu le moindre cotillon, craignant de dire quelque sottise, il laissait volontiers la parole à d'autres plus entendus en cette matière.

Du jour même où il avait arraché Marie aux

insolences du pharmacien et à la honte d'une intervention du commissaire de police, Léon était devenu amoureux de sa protégée et il avait été bientôt, sans même lui laisser deviner sa présence, au courant de toutes les habitudes de la jeune fille.

Marie sortait tous les jours entre sept et huit heures du matin pour se rendre dans un magasin du boulevard Bonne-Nouvelle où on lui fournissait de l'ouvrage. Puis elle rentrait, préparait elle-même ses repas et la tisane de sa mère, et recommençait son travail qu'elle poussait jusque bien avant dans la nuit.

Un matin, le pauvre bijoutier s'était réveillé avec une idée bien hardie; il ne s'agissait de rien moins que d'arrêter la fleuriste et de lui déclarer son amour. Mais, entre la conception de cette triomphante idée et sa réalisation, il y avait tout un abîme : la timidité de notre héros. Sans doute, Léon ne manqua pas de se trouver sur le passage de l'ouvrière, mais ce qui lui faussa traîtreusement compagnie, ce fut l'aplomb.

Il revint plusieurs fois ainsi, et, toujours, au moment de s'approcher de la jeune fille, il sentait ses jambes trembler, sa vue se troubler, il avait peur, renfonçait sa casquette sur ses yeux et s'           it en maudissant sa timidité.

A chacune          s avortées, Marie

qui, comme toutes les ouvrières parisiennes, n'avait pas besoin de regarder pour voir et devinait d'instinct les hésitations et les projets du jeune homme, riait de la mine piteuse de son amoureux par trop discret.

Qui ne connaît les ruses et les ressources des femmes suivies? Elles ont les arrêts devant les étalages des magasins, — et Dieu sait s'il en manque à Paris! — pour laisser au galant le soin de préparer son exorde par insinuation; elles ont le prétexte, en changeant de trottoir, de relever leur robe et d'attirer l'œil par un bas blanc bien tiré sur une jambe divinement moulée, et elles excitent ainsi les timides et leur mettent sur les lèvres la phrase de début; elles ont les sourires pour provoquer l'offre d'un bras, d'un cœur et surtout d'un dîner.

Certes, nos lecteurs ne nous feront pas l'injure grave de confondre notre héroïne avec ces coquettes par nature ou par nécessité; cependant, notre amour de la vérité nous force à avouer que Marie n'eût pas été trop fâchée d'entendre un aveu sortir de la bouche du bijoutier, ne fût-ce que par curiosité, pour voir comment il s'en tirerait. Nous dirons même qu'elle ne pressait pas trop le pas, — au contraire! — afin de lui donner à comprendre qu'elle n'avait pas peur d'une rencontre.

Hélas! ces demi-avances furent inutiles.

Elle s'amusa d'abord de cet embarras; puis bientôt elle se prit à soupirer; peut-être même à son soupir se mêla-t-il un peu de dépit; car elle avait un cœur et, dame! il babillait, si Léon se taisait, et il murmurait tout bas :

— Allons! ce n'est pas encore pour aujourd'hui, la déclaration!

Et en effet, en se retournant, la jeune fille voyait son pauvre amoureux s'éloigner, la tête basse, et elle riait, mais d'un rire forcé qui tenait du sanglot.

On ne croira jamais, à moins qu'on n'ait réellement aimé, qu'il soit si difficile de dire à une femme :

— Vous êtes un ange, et je vous adore!

L'amour vrai est si timide, et si bête!

Du moins, c'était encore là un bonheur relatif; mais la mort devait bientôt le faire évanouir.

Un jour donc, Léon vit la porte de la maison tendue d'un drap noir, une voiture chargée d'un cercueil, précédée d'un prêtre et suivie d'une enfant éplorée. Il reçut une forte commotion au cœur; dans l'enfant il avait reconnu Marie; dans le cercueil était le corps de madame Rolland que l'on menait au rendez-vous commun, la tombe!

Il suivit ce triste convoi jusqu'au cimetière

et, après la cérémonie, s'approcha de la jeune
fille que son amie Caroline avait soutenue
dans ce douloureux voyage.

— Mademoiselle, lui dit-il, il y a des douleurs que les paroles sont impuissantes à con-
soler, et la perte d'une mère est de celles-là ;
du moins permettez à un ami dévoué de
partager votre souffrance et votre deuil.

— Vous l'avez dit, monsieur, une mère ne
se remplace pas, répondit Marie. Je ne refuse
pas l'amitié loyale que vous m'offrez ; mais
ce qu'il me faut maintenant, c'est la solitude.

— La solitude ! quand vous avez tant besoin de consolation !

— Oui ; car il me faut habituer ma pensée
à la perte affreuse que je viens de faire ; d'ailleurs, nous ne pouvons nous revoir... maintenant, du moins.. plus tard... peut-être...
acheva-t-elle en hésitant ; car elle luttait elle-
même contre son amour, et elle ne voulait
pas blesser le cœur loyal de son protecteur.

— Je vous comprends, mademoiselle, je
ne suis guère pour vous qu'un inconnu, et
l'honneur avant tout !

Et Léon qui ne pouvait parler d'amour et
de bonheur en face de ce deuil, s'éloigna,
laissant Marie abîmée de douleur sur la tombe
à peine refermée.

Plusieurs jours se passèrent ; Léon continua
à se dissimuler dans l'encoignure d'une porte

de la rue Saint-Denis, d'où il pouvait contempler à son aise la jeune fille; mais un matin, il ne la vit pas descendre, ni le lendemain, ni les jours suivants. Alors, dévoré d'inquiétude, il se hasarda à demander de ses nouvelles au concierge.

— Mademoiselle Marie, répondit ce dernier, ah! la pauvre enfant, un vrai cœur d'or! Si seulement toutes les femmes lui ressemblaient! la mienne... enfin, suffit!... Tant que sa mère a été alitée, elle a passé les jours et les nuits au travail, car il ne fallait pas lui parler de mettre sa mère à l'hôpital, à la petite! ah! non!... Elle a longtemps puisé du courage et des forces dans son amour; mais aujourd'hui la nature prend sa revanche, la maladie à son tour a couché la pauvre enfant dans son lit, et...

Léon poussa un cri; puis, laissant le loquace concierge au milieu de sa tirade, il n'avait plus écouté que la voix de son cœur et avait gravi lestement les marches des quatre étages.

Il sonna. Caroline, qu'il avait déjà vue une fois avec Marie, au cimetière, vint lui ouvrir. Il la reconnut.

— Oh! je vous en prie, fit-il en joignant les mains, laissez-moi la voir!

Cette voix plaintive et suppliante émut profondément Caroline qui accéda volontiers à la prière du jeune homme, d'autant plus que la malade sommeillait. Peu à peu le bijoutier renouvela et prolongea ses visites, sans que la garde-malade s'en plaignît. Au contraire, elle paraissait charmée d'avoir un joli garçon avec qui elle pouvait causer et qu'elle chargeait de ses courses chez la médecin et chez le pharmacien. Il est si doux au cœur de la femme de commander! Aussi Léon se rendit-il bientôt indispensable, et Caroline attendait avec impatience le moment où l'ouvrier, sortant de son atelier, venait frapper à la porte.

Et puis, dans leurs confidences de jeunes filles, Marie avait raconté à son amie l'aventure de la pièce de vingt francs, et s'était étendue assez complaisamment sur l'action de son défenseur et même sur ses qualités physiques, pour que Caroline pût penser que la malade, à son retour à la santé, ne serait pas trop fâchée des visites du bijoutier.

Longtemps Marie, atteinte de fièvre cérébrale, resta entre la vie et la mort; mais enfin la jeunesse et les soins l'emportèrent sur le mal.

Les grandes maladies ont ce privilège de secouer si fortement l'organisme qu'elles semblent le changer complétement, ou du moins le modifier à un point tel que la cause qui a produit le mal perd beaucoup de sa force.

N'est-ce pas sous la caresse d'un chaud rayon de soleil, alors que la tempête semblait avoir détruit à jamais l'harmonie de la nature, que celle-ci paraît le plus belle, quand elle semble sortir des bras de la mort pour renaître à la vie ?

Pendant la convalescence de Marie, le jeune homme continua à venir la voir une heure ou deux chaque soir, en compagnie de Caroline, et ces heures, quoique les plus agitées par la crainte, furent aussi les plus heureuses de celles qu'il eût jamais passées : il voyait et il espérait.

La douleur et le chagrin s'affaiblissaient peu à peu dans l'âme de Marie et se changeaient en une douce mélancolie, pleine de charme.

Aux longues soirées, car l'hiver était venu, on parlait du passé, de la pièce d'or, souvent de la morte, et l'on bâtissait des projets d'avenir. Ce sont de si douces causeries que celles où le cœur et l'estime sont de la partie !

Mais bientôt s'écroula tout cet échafaudage de bonheur...

## V

Depuis un mois déjà, Marie avait repris son travail et ses occupations habituelles.

Un après-midi, elle revenait de son magasin et, joyeuse, regagnait, d'un pied leste, son logement, en se faisant une fête de la visite que Léon et Caroline lui rendaient chaque soir, lorsque tout à coup elle s'arrêta. Ses yeux, agrandis, avaient pris une étrange expression de douloureuse stupeur.

— Non, non, ce ne peut être lui ! murmura-t-elle, et pourtant...

Elle s'approcha de la devanture d'un café et, haletante, regarda à l'intérieur. Elle poussa alors un gémissement sourd et s'enfuit comme une folle.

Il est des émotions qui, ne trouvant pas d'issue pour se répandre en cris ou en larmes, retombent plusieurs fois sur le cœur, l'étouffent et se traduisent par une prostration complète. Marie, après une course de quelques minutes, perdit l'équilibre comme une fleur séparée de sa tige, s'affaissa sur un banc et cacha dans ses mains sa tête brûlante. La pauvre enfant, à peine remise d'un deuil de cœur qui ne s'oublie jamais, venait de reconnaître Léon, assis à une table et à côté d'une jolie petite femme, vêtue comme une grisette et coiffée d'un bonnet, relevant encore la grâce piquante de sa figure. Enfin elle put pleurer et murmura :

— C'était bien lui ! Marié ! il est marié, lui que j'aimais tant !... Oh ! cette femme, je la hais !... Et pourtant que m'a-t-elle fait ? Peut-être l'aime-t-elle aussi ; et puis elle est jeune et belle !... Léon avec une femme dans un café !... Comme elle lui souriait ! O mon Dieu, ayez pitié de moi, j'étouffe !... Le lâche... le misérable !... Et pourtant je l'aimais ! Hélas ! je l'aime encore, ajouta-t-elle en soupirant. Oh ! il me faut le fuir ; il me faut prendre mon cœur à deux mains et en exprimer tout amour. Entre nous désormais, puisqu'il y a une femme, il faut mettre aussi la distance, l'inconnu, l'oubli ! fit-elle en se redressant, pleine d'énergie. Oh ! comme il m'a trompée ! lui qui hier encore avait de si douces paroles, de si tendres serments ! Tout cela n'était donc qu'un piége tendu à ma crédulité, à mon innocence peut-être, le misérable !

Un peu calmée, elle reprit sa marche, erra quelque temps à l'aventure, puis, cédant à une résolution subite, entra dans une maison

et y loua une chambre. Quelques heures plus
tard, un commissionnaire, d'un quartier éloigné du sien, opérait son déménagement.

Rentrée chez elle, Marie qui avait besoin
d'argent pour payer son propriétaire et fuir,
avait une fois encore sorti la pièce d'or fêlée
du coffret, l'avait contemplée quelques instants en silence, comme en proie à une violente lutte intérieure, puis s'était écriée :

— Il le faut! Pardonnez-moi, ma bonne
mère, de disposer de cette relique. Cette
pièce a sauvé autrefois la vie à mon grand-
père; aujourd'hui elle doit me sauver l'honneur, puisque je suis encore assez lâche pour
aimer cet homme, un homme marié ! et peut-
être croirais-je à ses paroles menteuses, si je
ne pouvais les éviter en fuyant d'ici.

Le soir même, elle faisait ses adieux à Caroline et lui annonçait son départ.

— Un chagrin d'amour, n'est-ce pas? demanda cette dernière en voyant encore sur
la joue de son amie des traces de larmes ré-
centes.

—Peut-être! répondit Marie; mais j'oublierai.

— Oublier! Partir! mais c'est donc sé-
rieux? Moi qui avais cru jusqu'alors qu'une
querelle d'amoureux, c'était comme une pluie
d'averse qui, une fois passée, laisse de nouveau voir le ciel radieux échangeant des caresses avec la terre.

Marie lui raconta les tortures qu'elle avait endurées en voyant Léon sourire à une femme dans un café, et ce fut en vain que son amie lui conseilla de ne pas céder à un mouvement de dépit ou de colère, peut-être fort naturel, mais qui, plus tard, serait la cause d'amères réflexions.

— Eclaircis d'abord ce mystère, lui dit-elle. Avant tout il faut savoir ce qu'est cette femme.

— Moi, le revoir, jamais! D'ailleurs mes meubles sont partis pour ma nouvelle demeure.

— Est-ce possible? s'écria Caroline stupéfaite.

— C'est la vérité. Oh! j'ai trop souffert tout à l'heure, je n'existais plus; je n'avais plus de pensée, mon sang porté au cœur m'étouffait; encore un coup pareil me tuerait. Maintenant c'est fini. Jusqu'à guérison complète, je jetterai sur ma blessure un manteau d'indifférence, et personne ne la verra. Non, je ne veux plus de ce martyre; car, en une minute, il m'a été donné de connaître toutes les tortures de la jalousie, le plus affreux des tourments que l'amour ait allumés dans l'enfer du cœur. Adieu, Caroline, merci de ton amitié qui me fut toujours si dévouée; je te donnerai mon adresse, mais plus tard, quand j'aurai vaincu cet amour insensé; car si tu savais où je vais demeurer, tu ne pourrais résister à la prière de M. Aubin, et bientôt il viendrait m'accabler des preuves de son innocence. Ne m'en veuille pas de cette réserve. Adieu.

Et, après avoir embrassé son amie, Marie s'éloigna.

## VI

Nous n'essayerons pas de dépeindre la douleur de Léon, quand, le soir, après avoir frappé à la porte du logement de Marie, il n'obtint pas de réponse et lorsque Caroline lui eut appris le motif de la subite disparition de la jeune fleuriste.

— Fatalité ! s'écria le jeune homme, j'étais avec la femme d'un ami qui, voulant faire une surprise à son mari à l'occasion du jour de l'an, était venue me prier de lui vendre une montre. J'avais consenti; et, pour être à l'abri des indiscrétions des ouvriers de mon atelier, nous avions traité cette affaire au café. Au moins, vous savez la nouvelle adresse de Marie? s'interrompit-il.

— Elle a refusé de me la donner.

— Où la retrouver, mon Dieu ? Le propriétaire la sait peut-être ?

— Je ne crois pas, répondit Caroline, car, en ce moment, M. Corvisi est trop occupé de chercher un remplaçant à son fils pour s'être informé de ce détail.

— Pourtant, il faut que je la retrouve, que je lui prouve mon innocence, que je lui dise mon amour, que je... Ha ! qui l'a déménagée ?

— Un commissionnaire d'un quartier éloigné. Vous voyez qu'elle a pris ses précautions pour dépister toute recherche.

— Oh ! c'est à devenir fou, murmura en s'éloignant le jeune homme désespéré.

Léon erra longtemps sur les boulevards avant de parvenir à mettre un peu d'ordre dans ses idées et de calme dans son cœur.

— Partie ! murmurait-il, où la retrouver ? Oh ! si je pouvais la revoir quelques minutes seulement, je la convaincrais de mon innocence !

Pendant quelques jours, le bijoutier essaya de distraire sa pensée ; mais il ne put arriver à arracher de son âme le souvenir. Fatigué de lutter, il s'abandonna à cette fièvre d'amour qu'il se plut encore à attiser. Il se représentait Marie, alors qu'il l'avait délivrée des menaces du pharmacien ; alors que ses beaux yeux humides où se fondaient tout ensemble la reconnaissance, la joie de pouvoir enfin échapper aux regards curieux et méchants d'une foule mal disposée, éclairaient splendidement de leur reflet son front de reine. Sa tête ne tombait plus alors, honteuse, sur sa poitrine ; elle se redressait, au contraire fière de son innocence défendue. Il la revoyait ensuite,

abattue par la fièvre et le chagrin, alors qu'il
tremblait que le mal ne la tuât ; puis conva-
lescente, se reprenant à la vie, lui souriant
parfois, parfois parlant du passé, puis même
se hasardant timidement à demander le bonheur à l'avenir. Alors, il pouvait la contempler, mais maintenant... Lui, l'habile ouvrier
qui savait si bien autrefois sertir les pierres
précieuses ; dont les doigts ciselaient des
dentelles d'or et la voix modulait de gaies
chansons ; lui, toujours le premier au travail,
il semblait maintenant avoir oublié et la joie
et son métier. Parfois ses compagnons le sur-
prenaient, la pensée absente, et ils avaient
peur qu'il ne devînt fou.

— Qu'a-t-il donc ? se demandaient-ils : on
dirait que le désespoir le pousse dans l'autre
monde.

· Et de fait, le jeune homme devenait de plus
en plus pâle, sombre et farouche, comme rê-
vant à un crime ou à un suicide.

Souvent aussi il jetait ses outils et sa
blouse, revêtait son paletot et courait à son
poste habituel, attendant, morne, l'œil rivé à
la porte de la maison d'où s'était enfuie la
jeune fleuriste.

— La revoir, la revoir seulement, puis
mourir ! soupirait-il.

Comme la veuve du marin qui s'agenouille
sur le rivage en redemandant son mari à la

mer, il venait dans la rue Saint-Denis, espérant toujours que Paris, — cet océan, — avait rendu sa proie aux caresses de l'amitié; mais en vain interrogeait-il Caroline, Marie n'avait point reparu et elle avait cessé de travailler pour son ancien magasin.

## VII

Un jour pourtant qu'il revenait d'un de ces douloureux pèlerinages, plus brisé et plus triste que jamais, il s'arrêta soudain, se frappa le front, puis s'écria radieux :

— Je la reverrai !

Le lendemain, c'était un dimanche, il se rendit au cimetière du Père-Lachaise et attendit, non loin de la tombe où avait été enterrée la mère de Marie.

Il s'était dit que, bonne et aimante, la jeune fleuriste n'avait pu oublier le culte des morts ni le chemin des tombeaux. Et, en effet, il ne tarda pas à la voir s'agenouiller et prier.

C'était bien toujours la charmante jeune fille que nous avons connue, mais la tristesse, la mélancolie avaient effacé les roses de ses joues fraiches et y avaient semé des lis.

Quand elle eut fini sa prière, le jeune homme voulut s'approcher; à sa vue, Marie chancela, mais elle fut bientôt remise de cette subite émotion.

— Un mot, mademoiselle, et je m'éloigne.

On permet bien à l'accusé de se défendre, ne soyez pas plus terrible pour moi que les juges et laissez-moi me justifier.

— Vous justifier, monsieur, et de quoi? N'êtes-vous pas libre de vos actions? Vous justifier, mais qui donc vous accuse?

— Votre fuite. D'ailleurs n'avez-vous pas expliqué à Caroline les motifs de votre disparition?

— Assez, monsieur, murmura la jeune fille, si j'ai été assez folle pour vous aimer, car c'est sans doute ce que vous avez conclu de votre entretien avec Caroline, ne m'en faites pas repentir. Ne me forcez pas, par de nouvelles poursuites, à fuir la tombe de ma mère, la seule chose qui me retienne à Paris et à la vie, comme je me suis enfuie de mon logement. Je vous crois un homme d'honneur, monsieur, aussi ne voudrez-vous pas compromettre l'orpheline en cherchant à découvrir son nouveau domicile.

Marie s'éloigna après ces mots, laissant le jeune homme abîmé de douleur et croyant être à jamais banni du cœur de la jeune fleuriste. Celle-ci n'était guère moins émue et elle s'étonnait elle-même du rude courage qu'elle venait de montrer en cette circonstance, et, sans son orgueil, elle serait revenue sur ses pas pour jeter un mot d'espoir et de pardon au pauvre bijoutier.

Après ce congé formel, après cette nouvelle fuite significative, Léon sentit son âme envahie par le désespoir; la vie ne lui offrait plus de charme; jeune, il avait vu soudain ses belles espérances d'avenir s'écrouler. Cependant, il répugnait à sa nature loyale d'abandonner par le suicide, l'arme des lâches, le drapeau du soldat chrétien, fait pour lutter et pour souffrir.

En regagnant son logis, une partie d'un des derniers entretiens qu'il avait eus avec Caroline, lui repassa par l'esprit; il se souvint qu'elle avait parlé de remplaçant pour le fils de son propriétaire. Une occasion s'offrait à lui de mourir en combattant pour son pays, de se faire tuer en défendant le drapeau de la France.

— Peut-être est-il temps encore, se dit-il. Oh! il faudra bien qu'elle pense à moi!

L'exécution suivit de près la conception de cette idée.

Plus calme, il remonta la rue Saint-Denis et vint s'offrir à M. Corvisi, l'ancien propriétaire de Marie, qui lui promit, moyennant la production des pièces exigées par la loi, de le prendre pour remplaçant de son fils.

Les formalités terminées, Léon reçut, à titre d'avance, mille francs en pièces d'or.

Oh! bonheur! parmi celles-ci brillait la

pièce fêlée qu'il reconnut avec un doux étonnement.

— Voilà la récompense de mon action, se
dit-il, celle-là ne me quittera jamais !

Muni de cet or, Léon se dirigea vers le cimetière du Père-Lachaise, entra chez un sta-
tuaire de la rue de la Roquette et lui com-
manda une pierre tumulaire pour mettre sur
une fosse qu'il lui indiqua.

Comme il se l'était dit : Marie ne pouvait
plus l'oublier.

Quelque temps après avoir fait poser cette
pierre sur la tombe où dormait la mère de
celle qu'il regrettait si amèrement, Léon,
appelé à rejoindre son régiment, quitta Paris
sans avoir revu la jeune fleuriste, et partit
pour l'Afrique que nos vaillants soldats con-
quéraient à la France et à la civilisation.

## VIII

En fuyant son logis de la rue Saint-Denis, Marie Rolland était allée demeurer aux Batignolles. En vain demandait-elle au travail un remède contre le souvenir; sa pensée, pendant que sa main guidait l'aiguille, errait de sa mère morte à Léon perdu pour elle.

La chambre qu'habite la jeune fille, est propre et simple; on dirait que le ciel lui sourit; mais, malgré les agaceries d'un gai soleil de mai, la jeune ouvrière est triste; sur son charmant visage, la mélancolie a jeté une ombre sérieuse et longtemps la fleur à demi éclose reste inachevée. Son seul bonheur, c'est d'aller le dimanche prier sur la tombe où repose sa mère.

Nous n'essayerons pas de peindre son doux étonnement, à la vue de la pierre que Léon avait fait poser. Ce marbre muet fut une éloquente protestation en faveur de l'innocence du jeune homme; car Marie était allée aux renseignements chez l'artiste qui avait fourni et sculpté la pierre, et elle avait ainsi connu la pensée intime qui avait présidé à cette érection.

— Comme il m'aime! se dit-elle, et comme je l'ai méconnu! si je m'informais de ce qu'il peut être devenu? Mais non, il vaut mieux ne le revoir jamais; car je l'aimais trop, il m'avait ensorcelée; sa présence me troublait, et mon cœur battait en l'attendant. Il occupait sans cesse ma pensée; lui présent, je sentais en moi comme une douce extase; et, à son départ, il me semblait qu'il emportait tout mon bonheur avec lui, ne me laissant que la pensée pour rêver encore à lui. Oui, il vaut mieux que j'oublie!

Puis, entraînée dans un courant d'idées contraires:

— Comme il m'a vite obéi! murmurait-elle, je crois, moi, qu'aimant réellement, j'aurais cédé moins facilement à un ordre.... auquel la désobéissance eût été si agréable; car j'ai été bien cruelle... malgré moi, achevat-elle.

O mystère inexplicable, ô énigme du cœur féminin!

On comprend que son âme aimante, n'ayant plus pour aliment que des regrets, la jeune fille sentait souvent la solitude peser lourdement sur son cœur. Alors, à ces moments de tristesse, elle s'en allait travailler dans un

nouvel atelier, où sa réputation méritée d'artiste, l'avait fait admettre comme première
ouvrière et où, du moins, le mouvement des
affaires, les visites des clients, des acheteurs,
la distrayaient un peu de ses pensées. Il lui
semblait aussi, que les récits de ses folles
compagnes couvraient un peu la voix de ses
souvenirs.

## IX

Quelque temps après son entrée dans cette
maison, un jeune homme, mis à la dernière
mode, vint faire de fréquentes stations sur le
trottoir bordant le magasin. Comme les jeunes
filles, aussi bien les fleuristes que les modistes
et les simples couturières, ont des yeux pour
voir et une langue pour parler, et qu'elles sont
surtout agréablement chatouillées dans leur
amour-propre, par les rayons enflammés de
deux yeux braqués sur leur beauté, l'une des
ouvrières remarqua cet adorateur, et dit à
Marie :

— Est-ce pour vous, mademoiselle Marie,
que ce monsieur qui est là sur le trottoir,
droit comme un point d'admiration, vient
chaque jour promener son lorgnon curieux
devant notre magasin ?

— Je ne le pense pas, répondit Marie sans
même lever la tête ; je crois plutôt que cette
promenade est à votre intention ; d'ailleurs,
vous êtes assez jolie pour faire naître une ado-
ration.

— C'est qu'il n'est pas mal du tout, ce jeune homme, répliqua l'ouvrière qui s'avoua *in petto* être du même avis que sa compagne, ce qui la poussa à un brin de coquetterie: pour donner encore plus de prix à sa beauté, elle essaya de rendre docile une folle mèche de cheveux, qui s'obstina à venir se mirer et s'admirer dans ses beaux yeux espiègles; en même temps qu'elle mettait un peu d'ordre dans l'harmonie de sa toilette. Et vous pensez, reprit-elle, avec complaisance, et en décochant à la dérobée un coup d'œil vers l'inconnu, que mes charmes sont le but de ce pèlerinage galant et quotidien? Car, il n'y a pas à le nier, ce monsieur, depuis quelque temps, vient chaque jour se régaler de dix minutes d'extase et de la vue des charmes de l'une de nous.

— Voilà encore Laura qui prend feu! s'écrièrent en riant ses malignes compagnes.

L'incident en resta là, et l'on avait presque oublié celui qui l'avait fait naître, quand, le lendemain, à pareille heure que la veille, il reparut à son poste ordinaire, et, après quelques minutes d'hésitation, entra dans le magasin.

Comme ce jeune homme est appelé à jouer un certain rôle dans cette histoire, nous demandons au lecteur la permission de lui faire un léger croquis du personnage.

## X

Albert de Vaudricourt était un de ces dés-
œuvrés que la fortune condamne à l'ennui à
perpétuité. Ne sachant comment dépenser les
longues heures dont Dieu a fait chacun des
jours des lions (depuis nommés gandins et, de
notre temps, petits-crevés et gommeux), il
avait imaginé d'en employer deux à s'extasier
devant les chefs-d'œuvre de la création. Ne
croyez pas, au moins, qu'il s'en allait bête-
ment prodiguer son admiration aux tableaux
et aux statues de nos musées; non, certes; il
admirait le beau, mais en vie : parlant et mar-
chant et surtout aimant... à tant par caresse.
Sa distraction, de deux heures de l'après-midi
à quatre, consistait donc à suivre la ligne des
boulevards et, lorgnon sur l'œil, à s'arrêter
aux devantures des boutiques où travaillait
un essaim de jeunes abeilles dont le dard est
dans les yeux fripons. Parfois, pour varier le
plaisir, il se hasardait dans les rues avoisi-
nantes.

Telle était la profession de M. Albert de

Vaudricourt. D'ailleurs, au demeurant, le meilleur garçon des Tuileries à la Madeleine, bon convive, joyeux, franc, moins blasé que ses ordinaires compagnons de débauche ; souriant à la vie, chatouilleux à l'endroit des questions qui touchaient à l'honneur et ne demandant pas mieux que d'employer utilement sa jeunesse et ses forces.

Dans cette inspection quotidienne, le magasin de Marie était le préféré, et le jeune gandin s'y arrêtait avec complaisance alors que notre fleuriste y occupait sa place. Un jour donc qu'il faisait ce qu'il appelait sa tournée plastique, il franchit, comme nous l'avons dit, le seuil du magasin, sans autre but que de pouvoir contempler l'ouvrière plus facilement et de plus près.

— Le pèlerin au lorgnon ! murmura Laura en poussant Marie du coude à la vue du jeune homme, à qui va-t-il jeter le mouchoir ? Il me regarde, acheva-t-elle tout bas, pour sûr je suis la divinité choisie. Quel faux-col ! Ce doit être un fils de bonne famille.

— Je désirerais, fit l'inconnu en s'adressant à la patronne, mais en lorgnant le profil grec de Marie, regard que la coquette compagne de celle-ci avait accaparé au passage et s'était peu modestement octroyé... Ma foi, je ne sais pas trop ce que je désire... Il s'agit d'un cadeau, et, dame, j'aurais besoin d'être guidé.

— Mademoiselle Rolland, fit la maîtresse en souriant en femme habituée à ces achats spontanés que lui vaut la beauté de ses demoiselles de boutique, voulez-vous être assez bonne pour dire à monsieur ce qu'il désire?

Ce nom de Rolland frappa le jeune homme, c'était celui de sa mère. Il reprit en s'adressant à Marie :

— Il s'agirait d'un cadeau à faire à une sœur bien-aimée; aussi, mademoiselle... Rolland, je crois?

— Oui, monsieur.

— Aussi, dis-je, je m'en remets à votre goût, certain que votre choix ne pourra qu'être ratifié par ma sœur.

Après s'être arrêté à un charmant bouquet de fleurs artificielles, Albert se retira en priant la maîtresse de faire porter l'emplette à son hôtel.

Ce jour-là, il n'acheva pas sa promenade plastique. Il regagna promptement son logis où nous allons le précéder de quelques minutes pour faire connaissance avec de nouveaux personnages.

## XI

Doué de tous les avantages de la fortune, de la figure et de l'esprit, Eugène Rolland n'avait pas su ou voulu profiter, pour se créer un avenir, des armes puissantes que la nature prodigue lui avait mises en main. Ce n'était là ni philosophie ni dédain : mais paresse et amour effréné des plaisirs.

Son père, à sa mort, lui avait laissé en commun avec un autre fils, le mari de la mère de Marie, une importante maison de commerce dont il abandonna la direction à son frère, un de ces esclaves de l'honneur commercial (inclinons-nous, car ils méritent nos sympathies, ceux-là !) qui se planteraient une balle dans la tête ou un poignard dans le cœur plutôt que de voir leur signature livrée aux hontes d'un protêt. Quant à Eugène, il ne rêvait qu'aux moyens de satisfaire ses appétits sensuels.

Tout jeune, la volupté, sous les traits charmants de ces folles filles qui ont tant de place dans le cœur et plus tard tant de larmes

dans les yeux, lui avait brûlé les lèvres de
ses âcres parfums et les sens de ses désirs.
Pour lui, le vrai souci, la grande chose, c'é-
tait une femme jeune et coquette, habillée à
cette mode qui va de plus en plus se désha-
billant; portant de beaux cheveux et jetant
sans compter aux creusets des plaisirs ses
baisers, ses éclats de rire et ses fraîches
années. C'est charmant, cela grise, cela para-
lyse la pensée, cela tue le cœur et surtout
cela mène insensiblement à la misère; mais
par un sentier si fleuri et si parfumé !

D'ordinaire les bords des précipices sont
ainsi émaillés d'herbes fraîches et de fleurs
odorantes : sourire de la nature sous lequel
s'ouvre l'abîme !

A cette cause de ruine, vint bientôt s'en
joindre une autre : la patrie en danger appela
le mari de madame Rolland à l'honneur de
courir s'opposer à la marche triomphante des
ennemis. Eugène n'en continua pas moins son
train de vie habituel, abandonnant à des employés le soin des achats et des ventes.

En voyant cette maison, autrefois si sévèrement tenue, ainsi abandonnée à des commis
qui n'étaient soumis à aucun contrôle, les
clients se retirèrent peu à peu. D'ailleurs, par
suite de l'entrée des alliés en France, le commerce languissait. Aussi, en apprenant la
mort de son frère, tué à Waterloo, Eugène

résolut-il de combler le déficit qu'avaient creusé les vols de ses employés et la satisfaction de ses appétits sensuels, par le produit de la vente de son fonds de commerce. Puis, au lieu de partager avec sa belle-sœur, il sema habilement des accusations sur sa moralité, des doutes sur la légitimité de son enfant, pensant avec raison que la pauvre veuve préférerait lui abandonner les débris de la fortune commune, plutôt que de traîner devant les tribunaux le nom honorable du soldat, le sien, celui de sa bien-aimée Marie. Le calomniateur débauché triompha : madame Rolland se retira, ruinée, et vint avec sa fille habiter un logement dans la rue Saint-Denis.

Tout alla bien pour le viveur tant qu'il eut de l'argent dans sa caisse et dans les yeux le feu de la jeunesse; il put alors se vanter d'avoir autour du cou les plus beaux bras féminins de Paris. Mais, après les délices de Capoue, qui devaient faire du vainqueur un esclave, arrivèrent les mécomptes.

Hélas! dans ce monde interlope dont il s'était fait l'habitude, un homme n'est admis qu'appuyé par les preuves palpables d'une fortune ou d'un crédit important. Il devait en faire la triste expérience ; car, aussitôt que son dernier louis fut sorti de sa poche, on le pria assez cavalièrement de se retirer.

Ce fut là un coup sensible pour son amour-

propre et dont il ne se remit jamais complète-
ment; car, arrivé à un certain âge, on ne
rompt pas facilement avec de chères habitudes.

Avec la ruine, la vieillesse était vite venue ;
le repos forcé laissait plus de temps à la
pensée pour redescendre dans le passé. Arrivé
à certaine action que la conscience, le meilleur
de tous les juges, qualifiait sévèrement de vol,
le viveur essayait de s'en distraire par les
promenades. Mais une infirmité terrible, la
paralysie, qui cloua son corps dans un fauteuil,
devait aussi lui clouer au front cette lancinante
pensée. Sa tête travailla, et, comme il arrive
pour les natures paresseuses qui se mettent
en frais de décision, il se surprit à vouloir
énergiquement sinon une restitution complète,
du moins un complet aveu de sa faute. D'ailleurs, de son côté, madame de Vaudricourt,
la mère d'Albert et la sœur du paralytique
chez laquelle ce dernier, après avoir dissipé
non-seulement sa fortune personnelle, mais
encore celle qu'il avait due à de honteuses
machinations, était venu prendre ses invalides,
travaillait cette âme égoïste et l'amenait peu
à peu au repentir.

Mademoiselle Nathalie Rolland avait épousé
M. le comte de Vaudricourt, un avocat éloquent
que soutenaient son talent et de hautes pro-
tections. Aussi les deux époux avaient-ils fait

rapidement une brillante fortune. Mais, frappé par le mal, l'avocat s'était vu forcé de quitter le barreau et même la France pour aller demander la santé au climat de l'Italie.

Sa femme l'accompagna.

C'est durant cette absence que se commit l'infâme spoliation dont nous avons parlé et qu'à son retour madame de Vaudricourt avait apprise avec indignation.

Le mal ne pardonna pas : M. de Vaudricourt mourut, laissant veuve sa femme, belle encore et riche, ce qui valut à cette dernière de nombreuses propositions de mariage : mais elle aimait trop ses enfants pour compromettre leur avenir et leur fortune par une nouvelle union. D'ailleurs la pensée de renouveler du tout au tout le foyer domestique l'effrayait et elle préféra laisser vide la place que la mort avait faite dans son cœur. Un nouveau commensal, comme nous l'avons dit, ne devait pas tarder à venir réclamer une place à ce foyer : le frère, ruiné et paralysé, demanda aide et secours à la veuve.

Quant aux deux victimes de son égoïsme et de ses calomnies, qu'étaient-elles devenues ? Au prix de sa vie, le vieillard repentant qui s'était adressé à la police même pour obtenir des renseignements, eût voulu les revoir pour leur confesser sa faute et en obtenir le pardon ;

mais jusqu'alors ses recherches étaient restées infructueuses.

C'était là l'ordinaire sujet des entretiens du frère et de la sœur, sujet inépuisable en conjectures.

## XII

— Ma pauvre sœur, disait le paralytique à madame de Vaudricourt, au moment où nous pénétrons dans le salon de l'hôtel, je désespère de pouvoir jamais arracher de mon âme cette pensée qui me déchire comme un remords et parfois m'éveille en sursaut. Le pardon seul pourrait rendre le repos à mes nuits. Mais qui me dira ce que sont devenues les malheureuses que j'ai dépouillées ?

— Moi, dit une voix.

C'était celle d'Albert, qui faisait irruption dans le salon.

— Victoire ! s'écria-t-il, j'ai retrouvé la cousine que nous cherchons depuis si longtemps !

Et il fit le récit de sa découverte.

— Mademoiselle Rolland. dis-tu ? fit le vieillard. Ah ! mon Dieu ! avez-vous eu enfin pitié de mon repentir, de mes larmes ? serait-ce celle que nous cherchons depuis si longtemps ? Mais il y a tant de personnes qui portent ce nom et qui ne sont pas de notre famille. Néanmoins, il faudra s'informer, n'est-ce pas, Nathalie? acheva-t-il en s'adressant à madame de Vaudricourt.

— Oui, mon ami, car nous avons une bien mauvaise action à nous faire pardonner.

En ce moment se pencha vers Albert une charmante enfant :

— Est-elle jolie, notre cousine? lui demanda-t-elle tout bas.

— Oh! oui, répondit avec exaltation le jeune homme, presque aussi belle que toi, Lise.

— Comme je vais me mettre à l'aimer! murmura la jeune fille.

Lise, la sœur d'Albert, était grande, svelte, blanche, avec de magnifiques cheveux châtains et des yeux bleus d'une ravissante expression. L'ovale de sa figure, encadrée par de simples bandeaux, respirait un parfum de virginale candeur. Ses traits, vaguement lumineux, lui donnaient l'aspect de ces vierges vaporeuses que créa l'imagination des bardes du Nord.

Elle était vêtue d'une simple robe blanche, serrée à la taille par une ceinture bleue. Cette taille était tellement frêle qu'elle semblait indiquer une absence complète de force corporelle, apparence que démentait aussitôt l'ampleur des épaules et de la poitrine.

## XIII

Le lendemain même, madame de Vaudricourt se faisait conduire en voiture au magasin de fleurs de la rue de Choiseul où elle
eut avec la patronne l'entretien suivant :

— N'avez-vous pas, madame, parmi vos
ouvrières, une jeune fille du nom de Rolland?

— Oui, madame, c'est ma première ouvrière, une véritable artiste; car on peut, sans
flatterie, lui donner ce titre ; attendu que, sous
ses doigts habiles, les fleurs deviennent des
chefs-d'œuvre ; et sage, et travailleuse, mais
triste, si triste qu'on dirait que le rire n'a
jamais éclos sur ses lèvres et la joie dans son
cœur !

— Pourriez-vous me donner quelques renseignements sur sa famille ? demanda la comtesse.

— Elle n'est pas venue aujourd'hui, car elle
travaille ordinairement chez elle, sans quoi,
elle eût pu elle-même répondre à votre question. Quant à moi, les renseignements que je
puis vous donner se bornent à bien peu de

chose; car ce que je demande à mes ouvrières, c'est le travail et la bonne conduite, et
je puis vous affirmer que mademoiselle Marie
répond parfaitement au programme de ma
maison. D'ailleurs, elle n'est pas très-commu-
nicative. Je sais seulement qu'elle est orpheline; que son grand-père, un soldat de l'Empire, est mort dans les plaines de la Russie
ou tombé aux mains de l'ennemi; quant à
son père, il a été relevé parmi les soldats
morts sur le champ de bataille de Waterloo.

— C'est bien cela, murmura joyeusement
la comtesse. Pouvez-vous au moins me donner
son adresse?

— Rue des Dames, aux Batignolles.

— Merci, madame, fit la comtesse en regagnant sa voiture.

Le cocher reçut l'ordre de toucher à l'hôtel
tant madame de Vaudricourt avait hâte d'aller apprendre à son frère le succès de sa dé-
marche.

## XIV

Une après-midi donc que Marie travaillait chez elle, elle entendit frapper à sa porte; étonnée, elle alla ouvrir et deux dames élégantes entrèrent dans sa chambre.

— Nous ne nous trompons pas, mademoiselle, dit la plus âgée qui jeta un regard sur la jeune fille et fut charmée de la noblesse mélancolique de ses traits, c'est bien à Marie Rolland que nous avons l'honneur de parler ?

— Oui, madame.

— Eh bien, Marie est une enfant que nous avons perdue, mais elle a toujours sa place au foyer de la famille et, puisque nous l'avons retrouvée, nous la prions de venir occuper sa place vide.

— Madame, fit l'ouvrière, dont l'étonnement se comprend, j'avais des parents, mais ils sont morts...

— Pas tous, interrompit la visiteuse; il en est dont on ne vous a peut-être appris le nom que pour le maudire.

5

— Je comprends, dit la jeune fille, mais ma mère ne m'a appris qu'à pardonner.

— Votre mère était une sainte femme. Nous vous ferons oublier la cruauté que l'on a exercée envers elle, ajouta la dame, si vous ne refusez pas de venir habiter au sein d'une famille qui vous réclame depuis si longtemps.

— Oh! oui, dit la plus jeune des deux visiteuses, vous viendrez, n'est-ce pas? Je n'ai pas de sœur, vous la deviendrez.

— Mais, mademoiselle, je ne sais...

— Oh! ce n'est point en bienfaitrices que nous venons, interrompit la vieille dame, c'est en suppliantes. Une injustice a été commise, il faut que vous nous aidiez à laver notre nom et notre conscience de cette tache. Croyez-le bien, mademoiselle, votre orgueil n'a pas là à s'effaroucher; par une infâme machination, votre mère a été dépouillée de votre fortune; sa réputation même n'a pas été à l'abri de la calomnie. C'est une restitution que nous vous faisons; c'est un oubli que nous sollicitons; c'est votre amitié que nous vous demandons. Vous avez perdu votre mère, avez-vous dit?

— Hélas! oui, madame.

— Eh bien! je m'efforcerai de la remplacer.

Déjà la jeune fille s'était précipitée vers Marie qu'elle avait embrassée avec cette charmante familiarité qui sied si bien au jeune

âge; puis, à son tour, la vieille dame s'a-
vança et son baiser dit à Marie qu'elle venait
de retrouver un cœur dévoué, une seconde
mère.

— Viens, ma chère enfant, fit-elle; l'heure
de la victoire est enfin arrivée; car l'innocence de ta mère a toujours trouvé en moi
une avocate convaincue. Reviens, ma pauvre
abandonnée, dans une famille où l'on te fera
la place large et la vie heureuse.

Devant ces témoignages de bonté, Marie,
qui avait tant besoin d'aimer, balbutia un
consentement et suivit les deux dames dans
leur royale demeure qui devint la sienne.

Comme on le comprend, ce fut avec les
transports de la joie la plus sincère que le
vieillard accueillit à son tour la jeune fille.

— Notre hôtel va devenir un vrai paradis
avec un ange de plus, s'était-il écrié galam-
ment en embrassant Marie sur le front.

Le paralytique aima d'autant plus sa nièce
qu'elle était belle et que, peut-être, elle lui
rappelait les rêves de sa jeunesse. Quant au
pardon et à l'oubli du passé, il n'eut pas besoin de prier longtemps pour les obtenir.

## XV

Ce passage subit de la médiocrité à la fortune n'éblouit point l'ancienne fleuriste et, à ce haut faîte, son orgueil n'eut pas de vertige.

Les deux jeunes filles s'aimèrent mieux que des sœurs ; l'espiègle Lise jetait un peu de joie au fond de cette mélancolie et parfois un sourire glissait sur les lèvres de l'orpheline. C'est qu'elle était si bonne et si charmante, mademoiselle de Vaudricourt, que les adorations que soulevait dans le monde sa ravissante beauté, ne l'avait changée ni en madone, ni en précieuse, mais l'avait faite l'idole de tous.

Un amour d'une autre espèce voulut aussi faire sa partie dans ce duo : le cousin se mit en tête d'aimer sa cousine. Mais, comme si elle eût à jamais muré la porte de son cœur, Marie, loin d'encourager les timides regards du jeune homme, faisait au contraire semblant de ne rien voir de ses efforts pour arriver à se faire aimer d'elle, et de ne rien

entendre des soupirs qu'il poussait à sa
vue.

Albert, désespérant de se faire comprendre,
se résolut enfin à prendre pour confidente de
sa passion sa charmante sœur Lise, certain
qu'elle n'en ferait pas un secret à son amie
et qu'elle plaiderait auprès d'elle la cause de
son frère.

C'est ce qui eut lieu : Lise trouva même
de puissants arguments ; mais notre gentil
avocat en jupon eut la douleur d'échouer
complétement et le pauvre cousin fut prié
poliment de porter ailleurs ses soupirs et son
cœur.

— Nous étions si heureux, dit l'espiègle
Lise, il fallait bien que cet avorton de dieu
Cupidon vint fourrer là son nez et son car-
quois. — Oh ! on nous apprend la mytholo-
gie à la pension ! s'interrompit-elle à un geste
étonné de sa cousine. — Pauvre frère, va !
mais est-ce donc si difficile de se guérir de
ce mal ? Méchante amie, qui ne voulez être
pour ce pauvre Albert qu'une sœur.

— Hélas ! chère Lise, je ferais une bien
maussade compagne.

— Halte-là, mademoiselle, n'aimez pas Albert, soit, c'est votre droit, bien qu'il puisse
prétendre à un peu de reconnaissance, puisque c'est à lui que nous devons de nous connaître, mais je vous défends de vous calomnier.

En apprenant le jugement rendu dans sa
cause, le jeune homme, bien que douloureu-
sement affecté :

— Ma chère cousine, dit-il à Marie, je ne
vous affirmerai pas, comme tous les héros
de romans, un peu bien éduqués, que de
votre refus résultera ma mort; non, mais il
sera cause que bien des pauvres diables per-
dront· la vie; car, avant d'en venir à vous
aimer comme un fou, d'autant plus fou que
je n'aurais plus d'espoir, je vais aller offrir
mon amour dédaigné à ma patrie qui ne sera
peut-être pas aussi difficile que mademoiselle
Marie.

— Pauvre cousin! murmura la jeune fille;
ma venue ici vous a été funeste!

— Oh! il y avait longtemps que je vous
connaissais! Ne me plaignez pas trop d'ailleurs. Je ne savais que faire de mon temps,
vous venez de décider de ma carrière. J'a-
vais en moi toutes les qualités requises pour
faire un homme inutile; mais mon amour
m'a transformé, et pour le transformer lui-
même en une solide amitié. Il me faut la vie
active. Je serai donc soldat; pauvres Arabes!
D'ailleurs, le sabre et l'uniforme sont assez
en honneur aujourd'hui dans la noblesse, et
on prétend qu'il reste encore des lauriers à
cueillir en Afrique. Il y a bientôt vingt ans

que je me repose de la peine d'être venu au monde, je suis fatigué de mon repos.

Un soir donc, Albert se présenta au salon avec un nœud de rubans multicolores à son chapeau. Son espiègle sœur se mit à rire de ce qu'elle croyait être une plaisanterie; mais Albert annonça sérieusement qu'il voulait s'engager. La pauvre mère, sa sœur et sa cousine se mirent alors à pleurer : mais le jeune homme prit à part madame de Vaudricourt et lui dit :

— Laisse-moi partir, si la vie militaire me déplaît, tu achèteras un remplaçant. La raison? me diras-tu. Je suis amoureux fou de ma cousine, et si je dois guérir de ce mal, c'est loin d'ici. Si je ne la fuis pas, au lieu de l'aimer, je l'adorerai, et d'une passion malheureuse au désespoir, à la mort, il n'y a pas loin.

La pauvre femme essaya de détourner son fils de ce projet qu'elle regardait comme une folie; mais en vain supplia-t-elle au nom de sa tendresse, le jeune homme fut inflexible.

A quelque temps de là, Albert était enrôlé dans un régiment d'Afrique.

## XVI

Nous sommes dans un café du boulevard des Italiens ; plusieurs années se sont écoulées depuis les derniers événements que nous venons de raconter.

Deux jeunes officiers causent gaiement, assis devant les restes d'un bon déjeuner qu'assaisonne le fumet des vins des premiers crus de France. La conversation roule sur la campagne d'Afrique et sur l'occupation par notre armée de Mostaganem et de Bougie.

A une table voisine, un entretien non moins animé a lieu entre d'autres jeunes gens ; mais cette fois le sujet, c'est... pardieu ! c'est la femme, c'est l'amour ! Jusquelà les propos n'ont pas dépassé les bornes des convenances et des généralités ; mais, le vin aidant, les histoires générales font place aux histoires intimes ; le cœur et l'amour-propre des convives se mettent de la partie et, dame ! une fois que la langue est déliée, elle brode un récit par-ci, une aventure galante par-là, parfois même elle invente ; le mensonge est si doux au cœur humain, surtout lorsqu'il flatte notre amour-propre! Bref, la langue va, va! jusqu'à ce qu'un soufflet ou un démenti l'arrête.

Depuis quelques instants, l'un des jeunes officiers écoutait, avec des signes non équivoques de colère la conversation des convives d'une table voisine. Un nom frappa plusieurs fois son oreille, accolé à des épithètes et mêlé à des aventures qui ne lui plurent sans doute pas, car il se leva soudain, les sourcils froncés, les narines dilatées et dit au don Juan de boulevard, en train de narrer ses bonnes fortunes amoureuses :

— Pardieu! monsieur, je vous jure que vous rétracterez les paroles lâches et infâmes dont vous venez de salir la réputation d'une honnête femme, sinon je vous couperai cette gorge par laquelle, je le jure, vous avez menti !

Après cet énergique et public démenti, l'honneur exigeait que les deux jeunes gens échangeassent leurs cartes; c'est ce qu'ils firent et rendez-vous fut pris pour le lendemain, à huit heures du matin, à la porte Maillot.

Sur l'une des cartes échangées il y avait ce nom :

ALBERT DE VAUDRICOURT.

Et sur l'autre :

### THÉODORE DE VIMARD.

Ce dernier était un jeune lion de la plus jolie crinière et qui promettait de jouer parfaitement son rôle d'homme inutile.

Ici, nous vous demanderons, ô lecteurs, la permission de ne pas vous crayonner le portrait de ce gommeux, le précurseur du petit-crevé, portrait dont vous coudoyez à chaque pas l'original sur les boulevards ou que vous rencontrez dans les salons qu'il embarrasse de son inutilité et fatigue de son jargon d'écurie anglo-français.

Nous ne voulons pas retarder, en nous chargeant de colis inutiles, notre marche vers le dénoûment de ce modeste récit.

Après cet échange de cartes, les deux officiers sortirent du café pour se mettre en quête d'un témoin.

A peine avaient-ils fait quelques pas sur le boulevard qu'ils aperçurent un militaire venant à leur rencontre.

— Pardieu! fit celui qui avait interpellé si rudement le don Juan au café, si je ne me trompe, c'est bien le brave Léon Aubin que j'ai connu en Afrique!

— Lui-même, cher lieutenant, et en congé

de six mois, par suite d'une blessure, d'ailleurs peu grave.

— À merveille, j'étais en peine d'un témoin et vous m'ôtez ce souci, car je puis compter sur vous pour une affaire d'honneur, n'est-ce pas?

— Parbleu!

— Donc, à ce soir, voici ma carte ; excusez moi de vous quitter si brusquement; mais, en cas de malheur, il faut mettre ordre à ses affaires et les miennes sont passablement embrouillées.

— C'est donc bien grave?

— L'un de nous restera sur le carreau. Au revoir, cher, et merci.

Et les jeunes gens se séparèrent.

## XVII

Il faut que nous apprenions à nos lecteurs par suite de quelles circonstances, ayant envoyé notre héros en Afrique, nous le retrouvons à Paris.

Dès son arrivée au régiment, Léon qui ne redoutait pas la mort, s'était bientôt fait remarquer par le courage intrépide qu'il déploya à la prise de Bone, d'Oran, d'Arzew, de Mostaganem, et était parvenu ainsi rapidement au grade de sous-lieutenant. Après un engagement meurtrier avec les Arabes défendant la ville de Bougie où il fut blessé, Léon obtint la croix d'honneur et un congé de six mois. Il vint le passer à Paris, dans l'espoir de revoir Marie dont l'image le poursuivait toujours, bien qu'il y eût quatre années qu'il eût quitté la France.

— Peut-être est-elle morte ou... mariée, fit-il avec un soupir en se dirigeant, le jour même de son arrivée à Paris, vers le cimetière du Père-Lachaise.

Ni ce jour-là ni les suivants, il ne put par-

venir à rencontrer Marie; et en vain aussi
retourna-t-il chez M. Corvisi, le propriétaire,
pour y revoir au moins Caroline et lui demander des nouvelles de la fugitive, Caroline
avait changé de domicile depuis longtemps
et le propriétaire n'en avait plus jamais entendu parler.

— Oh! pensa le pauvre jeune homme dé-
couragé, que n'ai-je succombé en Afrique,
des suites de cette blessure de yatagan? au
moins je serais mort avec l'espoir; que suis-
je donc venu faire à Paris, sinon y chercher
la certitude d'une perte éternelle?

C'est en sortant de chez M. Corvisi et en
suivant la ligne des boulevards que Léon,
désespéré, rencontra Albert de Vaudricourt
qui, comme un grand nombre de ses cama-
rades, avait obtenu un congé à la suite des
dernières victoires remportées sur le sol afri-
cain, et qui l'avait prié de lui servir de second.

Le lendemain matin, une fois remplies les
formalités voulues par les lois du duel, les
deux adversaires et leurs témoins se retrou-
vèrent au bois de Boulogne.

Parmi ces témoins, on remarquait un beau
vieillard, à la mine martiale, franche, ou-
verte, mais un peu triste. Une épaisse chevelure blanche, très-soigneusement tenue, une
moustache bien cirée et relevée en crocs, une
redingote très-propre et croisée sur la poi-

trine, comme une tunique, et de plus la ro-
sette d'officier de la Légion d'honneur disaient
assez que c'était un ancien soldat. En effet, son
solide poignet avait dû, dans les combats de
géants de l'Empire, faire rudement sentir aux
ennemis le poids de l'épée redoutable de la
France; il était venu sur le terrain pour servir de second au don Juan, ce dont il parut
vouloir s'excuser en ces termes :

— Je n'ai plus pour habitude de mêler mes
cheveux blancs aux boucles blondes de la
jeunesse; je n'aime pas les querelles où des
femmes sont en jeu; car, ou ces femmes sont
honnêtes et elles n'ont malheureusement à
gagner que le déshonneur à ces affaires dites
d'honneur, ou ce sont des courtisanes qui ne
demandent pas mieux que de s'afficher et
d'entendre publier que deux jeunes gens de
bonne famille se sont coupé la gorge à leur
intention. Dans le premier cas, le duel est
une infamie; dans le second, c'est une absur-
dité.

J'ignore ce qu'est la femme objet de cette
querelle; mais quelle qu'elle soit, un galant
homme, par respect pour soi-même, n'aurait
pas prononcé son nom, surtout en la mêlant,
en plein café, à des récits de bonne fortune.
En ceci, M. de Vimard a eu grandement tort,
et s'il n'était le fils d'un de mes meilleurs
amis, je ne lui aurais pas servi de témoin.

Cependant un démenti public lui a été donné, et, dans le monde, si l'on ne veut passer pour lâche, une telle offense exige une réparation. Il a donc été arrêté que le duel aurait lieu et que le sort déciderait à qui des deux appartiendrait le choix des armes.

A son tour, Léon s'avança :

— Les témoins ont essayé vainement, dit-il, d'empêcher les suites de cette querelle ; les adversaires se sont refusés à tout arrangement. En outre, M. de Vimard ne veut pas profiter de sa qualité d'offensé qui lui donne le droit d'opter entre l'épée ou le pistolet. Donc, comme vient de le dire M. le commandant Duchesne, que le hasard tranche cette question, acheva-t-il en prenant une pièce d'or dans la poche de son gilet et en la lançant en l'air.

— Face, dit M. de Vimard.

La pièce retomba sur le chemin et rendit un son fêlé.

Le vieillard se pencha et soudain se redressa tout pâle.

— Face, dit Léon ; à notre adversaire appartient le choix des armes. Mais qu'avez-vous, monsieur ? continua-t-il en remarquant la subite pâleur du témoin de M. de Vimard.

— Une question, je vous prie, d'où tenez-vous cette pièce d'or ? Pardonnez-moi si je suis indiscret, continua le vieillard ; vous m'excuserez quand vous saurez quel rôle cette pièce a joué dans ma vie. Mais j'oublie qu'on nous attend ; à tout à l'heure donc, si toutefois vous le voulez bien, l'explication que je vous prie de me donner.

— Volontiers, fit Léon intrigué.

## XVIII

M. de Vimard à qui le sort venait de donner le choix des armes, prit l'épée. Les deux adversaires mirent habit bas ; puis l'officier se campa devant le jeune lion, l'épée à la main et le bras tendu. Après quelques passes pour essayer leur force respective, Albert, aveuglé par la colère, se laissa emporter et précipita ses coups et ses fautes sans les calculer, ce qui lui valut quelques légères égratignures.

Les témoins voulurent alors arrêter le combat, mais le blessé n'y consentit point :

— C'est un duel à mort, fit-il ; l'un de nous tombera pour ne se plus relever ; car M. de Vimard doit comprendre que, pour une semblable offense, il n'y a pas de pardon ; que pour châtier son infâme calomnie, il faut un duel à outrance, du sang, un cadavre !

— A vos ordres, monsieur.

Le combat recommença.

Peu à peu pourtant, la fièvre qui brûlait l'âme d'Albert et l'aveuglait, se calma ; il put jouer alors un jeu plus savant et plus serré qui dérouta complétement son adversaire. M. de Vimard comprit enfin qu'il avait affaire à forte partie ; et, furieux, se consumait en vains efforts pour essayer de faire ployer ce bras, qui maintenant se contentait de parer ses bottes. Ce fut à son tour de sentir la colère lui monter au cœur et aux yeux en face de cette immobilité de statue.

— Pour Dieu, monsieur, s'écria-t-il, finissons-en !

— Soit, mais vous avez bien hâte de mourir, il me semble.

Alors, l'épée menaçante, l'officier fit un pas en avant.

M. de Vimard eut comme un frisson de peur et rompit. Le lieutenant avançait toujours, et l'autre, ému devant ce fer qui semblait arriver sur lui, terrible comme le destin, continuait à rompre.

— Vous m'avez dit de me hâter, fit Albert, je vous obéis.

Et soudain un cri étouffé arriva aux lèvres de M. de Vimard : la terrible épée de son adversaire venait de venger une femme en trouant la poitrine de l'insulteur.

Le corps chancela quelques instants, puis tomba lourdement à terre, avant que les assistants, stupéfaits, eussent pu le recevoir dans leurs bras.

Le médecin, témoin ordinaire de ces tristes combats, se pencha anxieusement sur l'homme étendu. Après avoir tâté le pouls du blessé et constaté, à l'aide de la sonde, le chemin qu'avait pris l'acier, il se redressa :

— Il n'y a plus d'espoir, dit-il ; la pointe a traversé le diaphragme.

## XIX

On voulut alors transporter le mourant dans sa voiture; mais il s'y opposa :

— Laissez-moi mourir sur le champ de bataille, là où la justice de Dieu m'a frappé, murmura-t-il avec effort. J'ai d'ailleurs une réparation à donner à mon adversaire. Devant tous, je déclare que j'ai été lâche et menteur : je me suis vengé indignement par la calomnie d'une jeune fille digne et sainte; je le jure donc, mademoiselle Marie Rolland, dont j'aurais payé un sourire de ma fortune, a toujours refusé mes avances avec indignation et, pour échapper à mes obsessions, se faisait accompagner à sa sortie du magasin.

— Marie Rolland ! s'écria Léon en pâlissant soudain. Ah ! monsieur, à quelle horrible tentation avez-vous donc cédé ? Insulter dans un café la grâce unie à la sainteté même ! Vous l'avez dit, le ciel vous a puni; mais devant la mort toute haine doit s'éteindre.

Et, en effet, le blessé venait de rendre le dernier soupir en même temps qu'une écume sanglante avait monté à ses lèvres.

Les jeunes gens détournèrent les yeux de
ce triste spectacle et se retirèrent à quelque
distance du lieu du combat.

— Vous connaissez donc ma cousine ? demanda le lieutenant à Léon.

—· Quoi ! mademoiselle Marie est votre
cousine ? Oh ! je vous en prie, dites-moi où
elle demeure ?

— Diable ! mon cher, fit Albert en souriant,
je ne vous ai jamais vu aussi animé. Rassu-
rez-vous, Marie est avec ma mère et ma
sœur à notre maison de campagne, tout près
de Paris.

— Je comprends maintenant pourquoi je
ne l'ai pas vue au cimetière, pensa Léon; puis,
se tournant alors vers le vieillard qui, après
avoir fermé les yeux à M. de Vimard, rejoi-
gnait les officiers, il lui dit :

— Monsieur, vous m'avez demandé de qui
je tenais cette pièce d'or qui a paru produire
sur vous un si puissant effet : avant de mourir
M. de Vimard a prononcé le nom de la personne à qui elle appartenait; j'ajouterai
même que pour elle, c'était une relique...
et pour moi· un souvenir, acheva-t-il tout
bas.

— O mon Dieu ! fit le vieillard tremblant,
n'est-ce pas un rêve et retrouverais-je enfin
une famille ? . . . . . . . . . . . . .

## XX

Les trois principaux acteurs de cette scène remirent aux soins du médecin et de l'autre témoin le corps du défunt et montèrent dans une voiture dont le cocher reçut l'ordre de toucher à Neuilly. Chemin faisant, des explications échangées, explications embrassant à peu près toutes les scènes de notre récit et que nos lecteurs nous dispenseront de leur rappeler, de ces explications, disons-nous, il résulta que Marie allait retrouver son grand-père ; Léon, une amante follement et constamment adorée, et qu'à tout cela Albert gagnerait un baiser, il le pensait du moins.

La voiture venait de s'arrêter devant la grille d'une charmante villa.

Nous n'essayerons pas de dépeindre la douce émotion de l'ancienne fleuriste quand son cousin lui présenta Aubin en lui disant, après avoir réclamé toutefois le payement du baiser qu'il s'était promis en route, en récompense des découvertes qu'il avait faites :

— Je ne m'étonne plus, chère cousine, de

votre douce mélancolie et du refus obstiné
que vous avez opposé à l'offre de ma main :
mon ami Léon était le préféré et certes je me
fais le garant qu'il est digne de votre amour.
Je l'ai vu à l'œuvre en Afrique;. . . mais.
s'interrompit-il, je lui laisse le plaisir de vous
narrer plus tard ses campagnes.

Léon voulut alors expliquer sa conduite passée, mais Marie lui ferma la bouche en lui
disant :

— Le monument qui est sur la tombe de
ma mère a mieux plaidé la cause de votre
innocence que les paroles que vous pourriez
dire, malgré toute votre éloquence.

— Allons, je prévois qu'il y aura des fian-
çailles, fit le lieutenant en se tournant vers sa
cousine.

Marie lui sourit en rougissant.

— Ah ! chère Marie, continua-t-il, que vous
êtes charmante ainsi ! Vous ne nous aviez pas
encore révélé tous les secrets de votre beauté;
sans doute vous n'étiez pas mal en mélancolie;
mais que le sourire va bien à votre bouche !
et lui, le sous-lieutenant sournois, la bravoure
incarnée du régiment, mais aussi la misan-
thropie, dont l'œil ne s'éclairait qu'au bruit
des batailles, comme il est aussi transformé !
quelle succession de métamorphoses ! Pardieu !
il serait fort curieux que de deux mélancolies
naquissent la joie... et d'espiègles chérubins.

lit en riant le jeune homme. Mais un instant, mes amis, avant d'allumer les flambeaux de l'hymen, comme disaient nos naïfs ancêtres, il y a un consentement à obtenir.

## XXI

Le vieillard qui s'était discrètement tenu à distance du groupe, s'avança alors vers la jeune fille à laquelle il présenta d'une main tremblante la pièce d'or fêlée :

— Reconnaissez-vous cette pièce d'or, mademoiselle? fit-il en caressant d'un regard plein d'amour, la noble beauté de Marie dont les traits lui rappelaient vaguement ceux de sa femme, morte mais non oubliée.

— Oh! oui, monsieur, s'écria l'ancienne fleuriste, dont le cœur se prit soudain à battre à la vue de cette pièce, c'est une relique que ma bonne mère m'avait laissée en mourant.

— Et qui avait sauvé la vie à votre grand-père, n'est-ce pas, mademoiselle?

— Oh! dit-elle en levant ses beaux yeux surpris, qui donc vous a si bien appris l'histoire de ma famille?

Puis, comme frappée d'une idée subite :

— Serait-ce possible? s'écria-t-elle d'une voix tremblante d'espoir.

— Tout est possible, fit le commandant.

— Quoi ! vous seriez...

— Ton grand-père, oui, mon enfant.

Marie, vivement émue, se jeta au cou du vieux soldat en pleurant de joie ; le vieillard, non moins ému que sa petite-fille, se détournait pour cacher une larme qui s'obstinait à s'échapper de ses yeux.

Une fois la première émotion passée, le soldat de Napoléon fit connaître ainsi la raison pour laquelle il n'avait pu donner de ses nouvelles.

## XXII

— Je n'ai que bien peu de chose à ajouter à ce que la pauvre mère t'a sans doute appris, ma chère Marie, dit-il. Lors de la désastreuse retraite de Russie, je fus fait prisonnier par des Cosaques avec plusieurs de mes compagnons, malgré le courage que nous déployâmes dans cette lutte impossible; car il fallait bien céder au nombre et, d'ailleurs, nous étions épuisés par la faim, le froid et la fatigue. On nous envoya aux mines de la Sibérie, où je passai de longues années, espérant toujours que Dieu et de l'adresse me rendraient enfin la liberté. Je parvins à m'évader. Ah! si vous saviez comme elle est douce, la liberté! Quand je me sentis libre, un cri d'action de grâce monta de mon cœur à ma lèvre et dut être entendu de Dieu! Je me relevai, ma pensée devançant mon corps, franchissait les mers, les terres, les frontières de France, l'enceinte de Paris et frappait à la porte de cette maison où j'avais laissé tout ce que j'aimais.

Il me fallut, de peur d'être repris, me cacher le jour, voyager la nuit et que de fois je me mettais en route, sans avoir pu trouver un morceau de pain, me nourrissant de racines et de fruits sauvages! Mon intention était de gagner la mer, de m'embarquer sur un navire en partance pour l'Europe, dussé-je prendre du service en qualité de matelot. Je ne vous dirai pas mes souffrances, mes désespoirs; qu'il vous suffise de savoir qu'au bout de deux ans de travaux surhumains à bord d'un vaisseau faisant le commerce des nègres, trafiquant de la chair humaine, je fus jeté sur les côtes de France.

Ah! qu'il est puissant en nous, l'amour du sol natal! puisqu'il réchauffa mon vieux cœur glacé, puisqu'il rendit sa vigueur à mon jarret alourdi.

J'étais sauvé, j'allais retrouver le bonheur, ou du moins je le croyais.

Je volai vers Paris.

Hélas! la maison où j'avais laissé ma famille, avait disparu sous la pioche des démolisseurs et nul habitant du quartier n'avait connu ni ma pauvre femme, ni mon enfant. Plus que jamais j'étais seul; plus que jamais j'étais accablé par la main de la fatalité. En prison du moins, il me restait l'espoir, mais être libre, après avoir désiré la liberté, et ne pouvoir reconquérir le bonheur; tomber du haut d'une espérance longtemps caressée, n'est-ce pas là un infernal supplice ? Je m'assis sur un banc, sans pensée, la tête dans les mains, des larmes dans les yeux. J'aurais passé la nuit là si un sergent de ville ne m'eût demandé la cause de mon chagrin et ne m'eût conseillé de m'adresser à la préfecture de police pour avoir des nouvelles de ma femme et de mon enfant.

Je repris un peu d'espoir et je suivis ce conseil.

Hélas ! tout fut inutile.

— Pauvre grand-père ! murmura Marie d'une voix que l'émotion faisait trembler.

— Je ne me laissai néanmoins pas abattre une seconde fois, par la douleur, reprit le vieux soldat, et j'allai trouver quelques compagnons d'armes qui me mirent d'abord à l'abri du besoin en réclamant et en obtenant une pension pour moi. Sans inquiétude du côté matériel, j'avais plus de temps pour me livrer à mes recherches. Enfin, mes efforts ont été couronnés de succès, la Providence m'a rendu mon enfant. C'est ce matin que, grâce à cette pièce d'or, j'ai pu te retrouver, ma chère Marie, pour ne te jamais quitter et te parler souvent de ta mère...

— Et, ajouta Albert en riant, pour donner votre consentement à un mariage, point capital que vous oubliez, au grand désespoir de ce malheureux Léon qui s'efforce par ses gestes d'attirer votre attention et de vous faire souvenir de la promesse que vous lui avez faite en chemin.

Commandant, abrégez son supplice, je vous prie.

## XXIII

La pièce d'or fêlée servit au mariage de Léon et de Marie. Puis le soldat, un jour de bonheur, car il venait d'y avoir un baptême, se souvint de son ancien état de bijoutier : la pièce d'or fut fondue et, plus tard, transformée en croix bénite, elle brilla au cou d'une enfant blonde et espiègle dont Lise était la marraine et Albert le parrain.

Paris. — Typ. N. Blanpain, 7, rue Jeanne.

www.ingramcontent.com/pod-product-compliance
Lightning Source LLC
Chambersburg PA
CBHW060432260626
47161CB00005B/1889